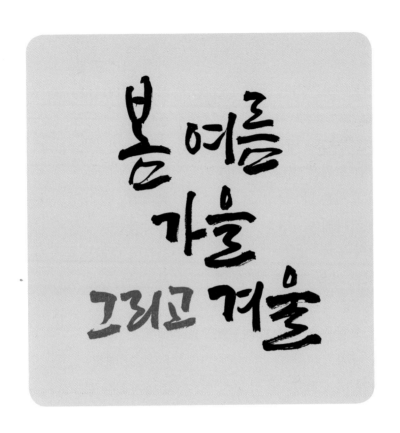

봄 여름
가을
그리고 겨울

임영희 제5시집

도서
출판 행복에너지

목차

봄: 가장 아름다운 봄

여름: 그 바다 그리워만 하리라

가을: 외롭다는 말은 남기지 말아요

겨울: 겨울 여행을 떠나요

봄

가장
아름다운 봄

봄

꽃들의 기지개 소리
앞다투어 꽃을 피우려는
안간힘들을 쓰나 보다

자고 나면 매화가 피고 산수유
개나리, 목련이 피었고 명자 꽃도
벚꽃이랑 라일락도 발돋움하고 있네

햇살이 너무나도 밝아
봄볕이 몹시 따스해
모두가 몸부림치나 봐요

봄 연못

얼굴 붉힌 봄이 연못 속에서
가만히 숨을 돌린다

수줍게 피어난 봄새악시들이
화사한 미소를 보내고

사랑스러움과 그리움들이
함께 속삭이며 행복해 하네

봄이 거기 있어 아름다운 정경
살며시 다가가 입맞춤을 보내리

五月

빛으로부터
가장 아름다운 선물을 받은
五月이여

오월 아침의 신선함이
가슴 가득 싱그러움을
불어 넣어 줍니다

꽃만 아름답나요
신록의 아름다움은
향기로운 푸르름…

五月의 빛나는 신록이여
계절의 여왕이여
영롱한 햇살이 가슴을 설레게 하네

먼 곳으로부터 우리 곁으로
성큼 다가 온 눈부신 오월의 빛이
내일의 꿈이 되고

사람마다 아름답게 보이는
행복함이여
고운 미소 가득 띄우소서…

길 떠나는 봄

강물 속에 잠긴 봄
겨우내 꽁꽁 얼었던 강물 풀어 놓고
이제 길 떠나려 하는가

삭막하게 닫혔던 마음
활짝 부풀어 오르고
망각하려 했던 기억들도 소생하듯

되살아나는 봄의 함성
봄의 따스한 품안으로 젖어드는
나무들과 꽃들과 새의 노래

봄이 오지 않는다면 아름다운 꽃들의
영혼은 어디서 휴식을 취할까
꽃으로부터 오는 봄

봄으로부터 꽃을 피우는 기쁨
봄이 돌아오지 않는다면
그 삭막한 절망을 누가 감당할까

봄이 오는 길목에서
강물은 잔잔한 환희를 머금고
길을 떠나려 하고 있네

병술년 오월을 떠나 보내며

오월은 늘 희망이었다
아름다움과 싱그러움
사람의 마음 안 깊숙히
생기를 불어 넣고

대지는 온통 푸르름으로
가득 찬 초원이다

세상이 눈으로만 아름다운 것이
아니라 마음까지도
아름다울 수는 없는가

사람이 사람답게
살고져 하는 꿈은
어디서도 아름다울 텐데…

아름다운 오월
고마운 오월아
세상을 푸르게 청청하게
활짝 열어놓고 이제 떠나는가

그대 오시는 날

눈 부시게 그대 오시는 날
고운 날개 달고
마중 가리다

오월이여 밝은 햇살은
누구를 위해
마련한 선물입니까

향기로운 장미는
사랑을 위해
아름답게 피나요

그대 오시는 날
가슴 설레이며
행복을 생각합니다

두려움 없는 사랑으로
오월을 맞으리다
그대 정해년 오월이여

마음껏 대지 위에
나려 오소서 세상 위 아름다움
제다 펴 놓으소서!

봄을 기다리며

봄이 길을 떠난지 벌써
오래됐나 보다

산수유 꽃봉오리가
제법 트였다

노란 좁쌀 몇알 만큼
방긋 입술을 열었다

아침 산책길을 걷노라면
저 멀리 보이는 나무줄기마다

연녹색을 띄우고
물오른 태를 내고 있다

겨울이 깊을 수록
봄은 더 가까이 다가오는 듯

한결 엷어진 바람결이
매섭지 않게 뺨을 스치고

훌훌 겨울의 깊은 우울을
털어내고 화사한 마음으로

봄을 맞이해야지
자꾸만 창밖을 내다보며

고웁고 생기로운 기축년 봄을
기다리고 있네요

절정의 五月

오월이 활짝 열린 정경이
너무 신선하지 않나요

마음이 풋풋하게 열리는
연두빛 밝은 빛깔

어느새 이토록 우리 곁으로 다가와서
기쁨을 가득 안기는 五月

계절의 순환이 너무 큰 기쁨이어서
감사한 마음을 가득히 채워 줍니다

저 빛나는 빛깔 가슴속 깊이
오래오래 담아두고 싶은…

마음이 우울한 어느 날
생기로운 오월의 기억과 향기를

조용히 음미하는
행복한 시간을 가지렵니다

봄 여름 가을 그리고 겨울

연연한 봄날의 빛깔이
마음을 빼앗아 가네요
심호흡하며 취해 보는
빛나는 생기로움

봄은 그렇게 연연한 빛깔로
우리들 마음을 열게 하고
어느 계절이 아름답지 않다고
말할 수 있을까요

봄날은 꽃피움으로 황홀하게
여름날은 푸르른 신록과 녹음으로
가을은 불타오르는 단풍으로 하여
가슴 가득 열정을 품게 하는…

겨울은 그 모든 계절을 포근히
감싸 안는 하얀 빛깔의 순수
고요의 은빛 세계로 침묵을 가르치며
계절마다 그 특성으로 빛나는… 오!

우리들의 사계절四季節
자연은 우리를 사랑하게 합니다
마음껏 취해보는 봄 여름 가을
그리고 겨울이여

산수유꽃 피다

바람은 아직 겨울의
끝을 몰고 다녀도
햇살은 어느새 봄빛 같아요

수줍게 아주 조금
입술을 열었던
산수유꽃이 오늘 제법

노랗게 웃고 있어요
봄이 먼 곳에 있지 않고
눈앞에서 피어나고 있어요

양지바른 곳엔 냉이, 쑥, 꽃다지
이름 모를 파란 싹들이
소담스레 돋아 있네요

언제나 봄의 첫 전령은
노란 산수유꽃인가 봐요
몇 송이의 개나리꽃 소식도 있지만…

다시 오월을 떠나 보내며

푸르고 싱그러운 모든 나무들의 잎새여
신록의 싱그러움이 우리를
행복하게 했네

기상이변으로 봄을 느낄 수 없었던
봄날의 쓸쓸함을 오월의 신선한
잎새가 연두빛과 초록빛으로

우리들 마음을 어루이며
비로소 아름다운 계절임을
느끼게 하였네

보랏빛 라일락꽃의 향기로움
밝고 화려한 빛깔의 철쭉꽃
탐스런 모란꽃의 넉넉함

낯선 이름의 박태기나무꽃, 명자꽃
공원마다 넘치는 꽃들의 향연
이제는 오월과 함께 안녕을 고합니다

창밖은 푸르름으로 절정을 이루고
싱그러운 바람이 불 때면
너훌너훌 춤추는 잎새들…

오월이여! 떠나가는가
다시 만날 수 있는 오월이 있어
기다림의 그리움을 키우리라

꽃과 나비

나비 두 마리 그리움 신고와
꽃에게 속삭인다
움직일 수 없는 꽃의 운명

기쁜 소식도 말해 주고
슬픈 애기도 전하며
달래고 위무해 주네

안락한 보금자리가 되어
꽃은 달콤한 꿀을 주며
나비가 잠시 휴식休息을 취하게 한다

꽃과 나비의 밀어는 아무도
알 수 없는 은밀한 약속
실바람이 가만히 귀 기울이다 가네

물안개

봄이 가까이 다가오나 보다
꽁꽁 얼었던 강물 풀리고
물안개 자욱한 강물

서리서리 엉킨 내 속내도
강물 풀리듯 풀어주렴
고운 봄아 어서 오려무나…

물안개 자욱한 강가로 가서
짓눌려 온 묵은 한恨까지
풀어 놓으리라

봄아 사랑스런 봄아
널 기다리는 애틋한 마음
너는 알리라

봄이 오는 소리

소근소근 속삭이며
봄이 오는 소리

매화랑 유채꽃이
피었다는 먼 제주에서

성큼성큼 바다를 건너
논으로 뭍으로 봄이 오는 소리

봄이 오는 소리에 저만큼
달아나는 세찬 겨울바람

아침 산책길에 멀리 보이는
나무 줄기마다 연두빛 기운을 띄고

눈眼 속에도 귓가에도
봄이 다가오는 소리여…

봄비 1

아침 창문을 열자
촉촉히 내린 봄비 내음이
밀려 드는 것 같았다

까치 몇 마리 날고
화단에 내려앉은 까치는
무언가 쪼우고 있다

봄비에 부드러워진 흙속에
먹을 것이 있나 보다
우산을 받고 가는 이들의 발걸음이
한결 가벼워 보인다

분명 봄비다
며칠 지나면 성미 급한 나무는
잎새를 내 보이리라

봄의 서막을 열고 있는 봄비가
무척이나 반갑다
봄비야 내려라

봄을 싣고 내려라
파릇한 잎새 트이는 기쁨
눈여겨 보고 싶어라

꿈꾸게 하는 봄이

돌 화분 속에 여린 봄이
가득 담겨 있네요

겨우내 매섭던 바람의
기억도 어느새 잊혀지고

화사한 봄볕의 속살을 느끼는
4월의 정겨움

거리마다 공원마다
파란 잎새와 꽃들

잔인한 4월을 잊게 하는
예쁜 꽃들의 향연

이제 봄은 그 찬란한 빛으로
우리 앞에 빛나겠지요

찬란한 봄
꿈꾸게 하는 봄이…

봄날에

창을 통해 바라보는
햇살은 보드레하다

지나간 세월의 흐름에
감동하는 걸까
눈시울이 뜨겁다

바람도 보이지 않고
잠잠한 햇살의 무늬
봄의 느낌이 너무 포근하다

아름다운 기억으로 남겨질
2011년의 봄이여

상처로 남은 아픔까지도 이제는
사랑하는 마음으로만
살다 가리라

봄날의 화사한 꽃들의 삶이
너무 고와서… 이 봄날에

가장 아름다운 봄

여기 가장 아름다운
봄날이 있어요

말하지 않아도 눈으로만
보아도 느낄 수 있는
가장 아름다운 봄

꽃과 나무와 산
시냇물과 안개와
보이지 않는 바람과

알 수 없는 감동과
기쁨과 행복함까지
그 모든 것의 충만이 가득한

아름다운 봄날이
마음껏 열린 채로
피어 있어요

그대들의 마음 또한
저 아름다운 봄날처럼
환히 열려 있기를 기원하리다

꽃샘 바람

3월 꽃샘 바람인가
두꺼운 머플러를 두고
가볍고 예쁜 머플러를 둘렀더니

목덜미를 파고드는 바람이
차갑다 봄이 오는데
꽃피는 봄을 시새움 하는가

몇 날 잔잔하던 바람이
날씨는 밝고 햇살도 반짝이는데
꽃샘 바람의 시새움이 거세다

작은 꽃망울들이 주춤하며
제 할 일을 못하는 건 아닐런지
정녕 봄은 오고 있는데…

오늘 따라 유난스레
옷깃을 여미게 하는
꽃샘 바람이여

산책길에서

누가 부르나요
뒤돌아보는 순간
아무도 뵈이지 않고

예쁘고 화사한
꽃들이 터뜨리는 함성
사랑스럽기도 해라

살며시 다가가
꽃을 어루인다
아! 봄이 온 것을…

봄이 이토록 살며시
다가와서 고운 미소를
흘리고 있다니

눈시울 뜨거워지는 감회
봄이 있어
희망이 되고

짙은 겨울의 우울을 이제금
말끔히 씻을 수 있다니
봄아 봄아!

누가 사랑하지 않으랴
누가 기다리지 않았으랴
봄이 오는 것을…

새들 그리고 봄

겨우내 어디론가 떠나 버렸던
비둘기 떼가
다시 찾아 들어

흐드러지게 핀
꽃나무 아래서
먹이를 찾는 듯

가까이 다가가도
두려움 없이
흙바닥을 쪼우고 있다

까치도 전에 없이
많이 눈에 띄고
짝을 이룬 모습이 정겹다

까치가 울면
기쁜 소식이 온다고
설레이던 유년시절…

오랜 세월 속 무디어진
마음 이제는
설레임이 없다

그 많던 참새들은
다 어디로 갔을까
좀처럼 보이질 않네

봄비 내리더니

봄비가 내려
화사하게 피었던
꽃들은 제 떨어져도…

저 많은 나무들은
파랗게 새 옷을 입고 이제사
진정 봄이 온 것 같아요

꽃만 피었다고
봄이 온 것이 아님을 창밖
연두빛 빛나는 나무들을 보고

완연한 봄이 온 것을
연두빛 새봄의 찬란함이
봄날의 기쁜 감회를 불러 오네요

봄
봄
2015년의 봄아!

봄이 오는데

겨울을 떠나보낸 너는 벌써
길 떠날 채비를 끝내고
잰 걸음으로 달려오고 있겠지…

우리들 기다림의 마음을 엿보고
포근한 가슴 엷은 미소 머금은
다정한 빛깔로 오고 있겠네

봄이여! 봄이여 그리움 같은 봄이여
그대 맞이할 부끄러운 우리 모습
한량없이 애써 감추고 싶노라

2017년의 꽃소식

남쪽에서 들려오는 꽃소식

3월 초인데도 통도사 홍매화가

만발하고 복수초, 노루귀꽃, 변산 바람꽃

꽃소식들이 연이어 전해져 오는데

서울엔 아직 봄꽃 소식이 없다

아침 산책길에 주변 화단을

유심히 살펴보아도 꽃멍울도

파란 새싹도 보이질 않네

봄비 2

활짝 피기도 전에

봄비가 내려 꽃들도

마냥 슬프게 떨어지고 있다

겨우내 다듬어진 꽃들의 맵시

고운 미소 환히 웃지도 못하고

아쉬움은 우리의 눈빛이다

기다림으로 하여 그리움이

되어온 시간들

누군가의 가슴에서 시詩가 되는가

봄비 3

비에 젖어 옷깃에 스미어든
그리움 가슴까지 스며들까
두려웁네

먼 세월의 뒤안길에도
그리움은 서려 있고
바라보이는 세월 속에도

그리움은 그대로 서려 있어
삶이 그래도 행복할 수 있는 건
그리움 때문이리라

촉촉히 봄비 내리고
봄비에 젖어 떨어지는 꽃잎들
그 꽃잎마다 그리움이 담겨 있네

봄바람

봄바람이 머리카락을
살작 날리게 한다
억새 빛깔을 한 머리카락
지나간 세월이 거기 배어 있다

그래도 입가에 슬적 미소 지어진다
살아 있음의 감사함이리라
여든을 맞이할 수 있음은
나에게는 기쁨이다

예순도 못 넘기시고
떠나신 분들을 생각하면
언제나 가슴 한 쪽 아리운
슬픔이 배어 나온다…

춘분에 내리는 눈

춘분날에 눈이 내렸다
난생 처음 보는 것 같다는 생각
춘분날에 쏟아지는 눈이

묘한 느낌이다 알 수 없는
자연현상일 터이지만
3월 중순에도 눈이 내리는 정경이…

기억에 오래 남을 것 같은
내가 산 세월 속 이런 경우가 있었을지도
다만 내가 기억해내지 못하는 것일 뿐

자꾸만 쇠잔해지는 기억들
나이 들어간다는 또 하나의
징후일 터이지만…

그저 단순히 기억 되어지는 것과
기억할 수 없는 것들일 뿐이라고
이제는 그저 그렇게 긍정하며

낙천적으로 살아야 할 것 같은
오늘 하루도 벗들을 만나고
유쾌한 대화 속에서 기쁨을 느끼리라

화분갈이

오래도록 미루었던 화분갈이를
하면서 시간의 흐름 속에서 느끼는
새로운 감회에 젖는다

이제는 봄이 내 곁에
가까이 다가와 있음을 느낀다
산수유꽃이 활짝 피고

목련까지도 고운 살결을
내비치고 있다
몇 날 지나면 필 것 같다

계절의 변화는 하루가 다르게
새로운 모습을 보여 주고 있다
철쭉꽃 봉오리도 제법 튼실해지고

벚나무 꽃망울도 한껏
부풀어 있는 모습
봄이 맘껏 활개쳐 오는 것 같네

밝고 행복한 마음으로 무술년의 새봄을
맞이하며 산다는 것의 의미 또한
기쁨으로 생각하리라

나무들

울 아파트 앞 너른 공지를 메운
푸른 나무들을 내려다보며
아들은 조금만 더 지나면
밀림 같겠다고 말을 한다

느티나무 잎새들이 어느새 무성하고
연두빛 빛깔이 너무나도
곱게 느껴지는 너훌너훌
춤추며 흔들리고 있어…

싱그러운 5월의 기상을
마음껏 표현해 주고 있다
5월의 싱그러운 기상을 눈과 마음으로
기쁘게 받아들이리라

작은 우울도 스트레스도
몸 밖으로 마음 밖으로 밀어내며
유쾌한 마음 행복한 마음으로
미소 띠우며 살리라

해동

눈을 크게 뜨고 강줄기 양켠을
찬찬히 살펴 보아도 얼음 언 곳은
뵈지 않는다

입춘 지나서 말짱 해동됐나 보다
'우수야 경칩에 ○○강 풀리고…'
하늘나라 가신 울 할머니

세속으로 140살의 연륜이신데
대가족 모임 때 한 사람도 빠짐없이
노래를 부를 때면 부르시던 애창곡 한 소절

울 어머니의 애창곡도 있었는데
세속으로 110살의 연륜이신 어머니의
애창곡이 전혀 생각나지 않는다

그걸 잊다니 참으로 한심한 딸
기억을 더듬어 꼭 생각해 내야지…
얼었던 강물 풀린 걸 보며

이미 오래전 하늘나라 가신
할머니와 어머니 생각
마음 한켠이 젖어오는 그리움이여!

눈 속의 매화

백설을 쓰고 핀 매화를
보노라니 측은함과 애처로움이
가슴 뭉클해지네

겨울 매서운 바람 속에도
꽃망울을 피우려
안간힘으로 버텨온 기개

매화를 지조 있는 꽃으로
옛 선비님들 지극히
아끼셨거늘…

눈보라 맞으며 눈을 듬뿍 쓰고도
어여쁜 매무새 고이 간직하고
미소 흘리는 매화여

그대로 하여 봄이 이리도
가까이 다가온 것을
벅찬 기쁨을 안기는구려!

떠나가려는 봄날

짧은 봄날의 사랑을 간직할래요
철쭉꽃 바다를 이루었던
그 꽃들도 지고 있네요
화단마다 붉게 타오르던 철쭉꽃들

보랏빛 라일락도 시들어지고
활짝 핀 모란은 또 언제
그 큰 꽃잎들을 떨굴지
가고 있는 봄날이 너무 아쉽네요

내 마음속에 모두 간직하고픈
꽃들의 어여쁘고 고운 모습
꽃들로 하여 기쁨과 행복을 느낄 수
있었음이 참으로 감사한 마음…

정녕 이제는 능소화랑
배롱꽃이 필 날을 기다리며
창밖 짙어져 가는 초록 잎새들을
고즈넉히 바라봅니다

사랑하고 사랑하는 꽃들이여!
그렇게 아쉽게 떠나가야 하는
꽃들의 슬픔은 없을까요
기해년 봄날이여! 아름다운 꽃들이여…

봄은 오고 있는데

입춘도 지나가고 봄은
분명 오고 있는데…

겨울보다 더 웅크리게 하는
코로나 바이러스 전염병이

중국을 휩쓸더니 이제는
세계를 휘몰아 가고 있다네

이 일을 어쩌면 좋단 말인가
단언할 수 없는 막막함…

끝이 보이지 않는 막연한
두려움까지 밀려오고 있다

이 전염병이 온세계의 인명과 경제에까지
악영향을 끼치지는 않을까 하는 기우

근심걱정으로 하여 우리 국민
모두가 시달리고 있지는 않을런지…

아아! 2020년 초두에
이 무슨 액운이란 말인가!!

슬픈 봄

산수유꽃이 노랗게 피어 있고
남쪽 부산에는 벚꽃도 활짝
피었다는 꽃소식

내고향 안동에도 매화가
활짝 피었다는 꽃소식들이
연달아 전해지는데…

봄이 왔다고 누구 한 사람
소리쳐 웃지도 못하고 우울한
코로나19 소식만이 기승이다

화단가의 쥐똥나무 줄기도 파릇한
잎새를 내보이는데 마스크를 한
사람들의 눈빛이 모두 우울해 보이고…

사람들이 모이는 곳은
마음대로 갈 수 없는 두려움
언제 끝날지 알 수 없는 막막함

아무것도 능동적으로 할 수 없는
무기력함이 주는 공허감을
다만 견디고 인내하면서 지나가기를…

기다리고 기다리고 또 기다리는
무한정 기다리고만 있어야 하는가
오오! 하늘이여 도우소서!

경자년의 봄

봄은 곁에 와 있는데
이토록 암담한 봄은
세상에 태어나 처음 맞네요

이름나신 석학이라 하여도
가늠하거나 판단할 수 없는
초유의 일

이제는 내 나라만이 아니라
온세계가 다 겪어가고 있는
너무나 엄청난 고난

모두가 한마음 한뜻으로
생존을 위한 강한 의욕과 투지
희망과 집념…

오! 아무리 마음 다잡으며
위안을 해보아도 해법을 알 수 없는
무기력함이여!!

목련이 핀 아침에

목련이 우아하고 아름답게
피어 있는 아침입니다
코로나19의 환란이

지금 우리를 힘들게 할지라도
잠시의 시련이라 생각하며
강한 신념과 흔들리지 않는

희망에 대한 성취감을
굳게 믿는 따뜻한 마음가짐으로
우리들 모두 한마음 되어

뜨거운 가슴 더 뜨거운 열정을 품고
코로나19의 환란 이겨내기를
아니 기필코 물리치기를…

우리 모두 다져진 한 뜻으로
목련같은 순백의 마음되어
뜨겁게 기원 드리고 싶습니다

아름다운 봄날에

아름다운 봄날에
꽃을 주신 이여
감사하오이다

이렇게 아름다운 꽃들
눈여겨 보며
기뻐하는 마음

그 마음 안 젖어 있는
또다른 슬픔들
느닷없이 찾아온 코로나19

이제 온 세계가
죽음의 기로에 놓인 듯
어두운 현실

우리는 어떤 방법 어떤 힘으로
이 환란의 난국을
극복해야 할까요

이 아름다운 봄날에
고운 꽃들을 보며 사랑하며
참아야 하는 인내만이

우리가 가는 길일까요
하늘이여, 신이시여!
인류를 도우소서…

5월의 기도

왠지 모를 기대감으로
기다리던 5월이여
기다림의 5월이 왔는데…

신록의 생기로움이
마음까지 싱그럽게 하지는
못하나 봅니다

어느 날 갑자기 덮쳐온
코로나19의 환란
삽시간에 온 나라를 마비시키고

일백 일을 넘긴지도
몇 날이 지나가고
그래도 지금은 유예된 시간…

5월이 오면
따사롭게 빛나는 햇살과
푸르름의 생기로움으로 하여

우리들 마음의 안정과
환경의 변화로 하여 코로나19의
소멸을 꿈꾸었던 기대감…

5월이여!
그 기대감이 실망치 않게
아주 투명하게 깨끗이 코로나19의

완전한 소멸의 5월이 되는
아름답고 빛나는
5월이 되기를 기원드립니다

아침 새소리

아침 다섯 시에 잠에서 깨어난다
간단한 몸풀기 운동을 끝내고
거실 커튼을 젖힌 후

창문을 조금 열면
삐삐삐삐삐삐 삐이삐이
맑은 고음의 아침 새소리

너무 청량해서 입가에
미소가 절로 떠오른다
얼마나 고운 새소리인지…

32년째 살고 있는 아파트에서
요즘 같은 새울음 소리는 처음이다
삐삐삐삐삐삐 삐이삐이

순간적으로 내가 이름 지은 삐삐새여
너로 하여 참으로 상쾌해진 아침
모처럼 미소 띤 아침이 되누나

여름

그 바다
그리워만 하리라

아침의 바다

무어라 말하렴 바다야
싱싱한 아침의 바다야

외로움의 깊은 늪에서
깨어난 태초의 물거품이
六月 햇살에 다시 태어나
반짝이는 사랑이 그리워라

노상 황금빛으로 떠 있는
시각 위에 솜털구름을 쪼우는
저 맨발의 자랑스런 유월 햇살

남자와 남자의 대결에서
소리치는 우람한 해벽의
파도소리

남빛 바람폭에 실려
살아 숨 쉬고 있는
수 세기의 푸른 파도

지금 아침을 향해 달려오는
모든 의미의 사랑과 희망을

드넓은 가슴으로 품으렴
싱싱한 아침의 바다야
삶의 희망은 너무 원대하다오…

바다에 비친 노을

노을이 바다에 빠져
헤엄치고 있누나
아름다운 노을

노을 한 자락 휘어잡고
물놀이할 꺼나
붉게 물든 노을이여

바다가 온통 불타오르고
노을을 등지고 돌아가는
새떼들…

지나가 버린 건 망각하라
새날은 노을 뒤에 숨어
아름답게 눈부시게 온다네

초여름 강가에서

강가 우거진 나무숲이
너무 싱그럽다
보는 것만으로도 싱그러운 6월
연두빛과 초록의 향연

누가 6월을 싫어하랴
풋풋함의 가슴 차오르는
녹색의 향기 바람이 불 때면
맘껏 춤추는 녹색 파도

강이 있어 싱그러운 숲이여
사람들은 마냥 강이 흐르는
풍경에 취하고 고향을 그리워 하듯
잊지 못하는 연연한 초여름의 정취여

바다와 갈매기

드넓은 바다를 지켜주는
바다의 파수꾼
갈매기여

끝없는 바다의 외로움
달래이는 갈매기
오늘도 힘차게

바다를 달래려
높고 낮게 바다를
위무하네

혼자는 누구나 외로워
갈매기는 함께 날으는
즐거움을 맘껏 뽐낸다

푸른 바다가 춤출 때
더 아름다운
갈매기의 날개

갈매기와 바다의
동행이 아름다운
숙명이 되고

드넓은 바다와 높이 나는
갈매기의 꿈
갈매기를 기다리는 그 바다

끝 없는 바다

아득히 보이는 수평선
끝이 보이지 않는
바다

눈을 들어 저 멀리 바라보노라면
왠지 모를 가슴 설레이는 그리움
본능적으로 바다가

더 그리운 사람들은
파도 소리에 잠들지 못한 채
바다를 향해 꿈속에서 항해를 떠난다

이름 모를 항구에
닻을 내리고
여행이 시작된다

바다여 무한의 끝없는 바다여
때로 인간의 힘이 미약하여
끝없는 바다를 향해 통곡하고 마는…

바다여 바다여
인간과의 숙명적인 관계를
바다여

그대는 아는가
모르는가
끝없이 넓고 푸른 바다여!

바다 그리운 바다여

태초에 바다는 초원이었나
나의 전생이 거기 묻혀
숨 쉬고 있어

바다는 언제나 그리운
내 본향 같으다

저 바다의 아스라이
교향곡 울려 퍼지는
그리운 바다

남색의 푸른 바다
한없이 바라보고 있노라면

가슴 에이어 오는 전율
내 돌아가는 날 바다의
고향으로 돌아가리라

스물여섯 살의 人生이
약속했었던

먼 지난날의 기억들 바다는
그렇게 나를 설레게 했네
지금도 그리운 바다여!

바다가 보이는 창

온종일 바다가 보이는
창가에 앉아 바다를 보리라

바다가 들려주는 파도소리에
귀 기울이며 먼 옛날
꿈꾸던 나라로 가서

내 꿈이 이루어지는 기쁨을
눈여겨보며 행복하게
미소 띠우리라

꿈을 버리며 살아야 하는
삶 속에서 한가닥
지푸라기처럼 떠오르던 꿈

여자여 그대 이름은 어머니
어머니는 위대하다는 그 말

온종일 바다가 보이는 창가에 앉아
나의 삶을 다시 꿈꾸리라
향기 짙은 차 한 잔을 마시면서…

호미곶 손조각

바닷물 위에 우뚝 솟은 손
어부의 손이겠지요

바다의 끝없는 망망한 그 바다 위
삶을 영위하기 위해
파도를 넘나드는 어부들
어부의 손은 황금입니다

구리빛 타오른 얼굴과
불끈 솟아오른 힘줄
어부의 팔과 다리는
무쇠입니다

집채보다 높은 파도와
싸워 이겨 낸 자랑스런 팔
영광의 손이랍니다
꿋꿋한 삶의 승리자여!

초록빛 바다

바다로 가리라
초록빛 물결 빛나는
바다로 가리라

세상의 근심 걱정 떨치려
바다로 가리라

그 바다로 가서
바다가 들려주는 詩를
들으리라

싱싱한 바다의 밀어들
낭만으로 가는 환상의 수레를 타고

그리운 이들이여! 마음껏 미소 띠며
저 초록빛 바다의
아름다운 유혹을 받아요

또 다른 바다

또 다른 바다에서
이제 할 말조차 잃었노라

너무도 곱고 조용한
바다여!

꿈틀거리지는 말아요
오늘 마냥 잠잠히
잠들어 있기를…

바다에는 묘한 묘약이 있나 보다
사람을 취하게 하는

물빛과 하늘빛의 조화
설레임은 노상 가슴을 두드린다

또 다른 바다에서는
말없이 고요에 싸여
마냥 쉬고 싶어라

오동도 바다여

오동도 바다에서는
그림을 그리리라

빛나는 남색물감 확 풀어
캔버스에 온통 남빛 푸른 물이
뚝뚝 떨어지게 그림을 그리리라

바다와 하늘빛의
투명한 남빛 푸른 빛깔을
누가 만들 수 있을까

바다가 부르는 소리에
잠 못 들어 언제나 바다를
그리워하는 꿈을 꾸네

영혼은 늘 바다 가까이로 가서
바다 위 떠 있는 배처럼
바다를 사랑하였노라

물빛 고운 오동도 바다여
기억 속에서 영원히 아름답게
남아 있기를…

칠포 바다

포항에서 조금 떨어져 있는
칠포 바다는 조용하고
아늑하다

물결조차도 잔잔히
푸르름이 은은한 듯
아름답다

수평선 위 아득히
보이는 배

흰 물거품 남기며 가는
작은 배는
즐거움에 들떠있으리…

언제 보아도 바다는
그리움을 품고 있다

알 수 없는 깊이와
무한으로 느껴지는
저 바다의 속성

오늘 칠포 바다가
한없이 아늑하게
마음을 사로잡는다

향일암

향일암 앞바다가
졸고 있는 듯하다

잔잔한 바다의 고요가
묻어오고
먼 수평선의 바다와
하늘이 한결 잠잠하다

바다를 바라보며
서원 드리는 향일암…

바다를 향한 날개마냥 뻗은
추녀 끝이 제비의 날개를 닮고

추녀 끝에 달려 있어야 할
풍경이 마치
하늘 가운데 달려 있는 듯
홀로이 외롭게 달려 있네

향일암에 가서 조용히
기원 드리고 싶은 마음이여…

태풍

태풍이 온다는
일기예보를 들으면
두려움이 휩쓸려 온다

태풍과 장마의 위용이
또 얼마나 큰 상처들을
남기고 갈까

일기예보를 듣고도
예방할 수 없는 인간
능력의 한계가 짜증스럽다

해마다 거듭되는
안타까운 목숨을 잃고
재산을 송두리째 잃은 사람들

노여움과 슬픔이
점철되고 두려움으로
떨리는 가슴

태풍 에위니아가 휩쓸고
지나간 도시와 마을의
슬픔과 고통

자연의 위력 앞에서는
인간의 힘은 정녕
속수무책인가

바다는

그대를 기다린다
외로울지라도

그대 홀로
찾아오기를 기다린다

태고의 정적을
고이 간직하고

그대 홀로 사색의
자유로움을 만끽하고

영혼의 충만으로
행복하기를 고대한다

때로 외로움이
마음을 성숙케 하고

사유 안에서의 완성된
자아를 느끼게 하리라

정해년 팔월을 맞으며

세월의 흐름을 마음이
따라잡을 수 없어
나는 저만치 주저앉아서
옛 노래나 흥얼거릴래요

팔월! 행복했던 날들
슬픔에 잠겨 있던 날들의
추억 속에서 감사한 마음
전하기도 하고

부끄러웠던 일들은
죄다 뉘우치면서 마지막 순간까지
계절이 바뀌건 말건
무심한 마음으로 기쁨도 슬픔도

가슴 깊은 곳에 아늑히 잠재우며
계절따라 세월따라 변하는 마음
언제나 흐르는 강물이듯
우뚝 솟은 산이듯 삶을 사랑하리라

장미의 계절

초여름은 장미가 있어
향기로운 계절

아침 산책길은 온통 장미
꽃길을 걸어가지요

신록의 푸르름이 빛나고
아침 바람까지도

장미 향기에 취해
신선함을 느끼게 합니다

코끝에 스며드는 향기로움
가슴 깊숙이 심호흡하며

살아 있음의 행복함과
감사하는 마음이 됩니다

꽃 중의 꽃 장미여
그대의 아름다움으로 하여

행복하고 황홀한 감성
나를 사랑하게 합니다

그 바다

언제나 바다가 그립다
바다 그림만 보아도
가슴이 확 트이는

밀려오는 흰 파도의 포말
표현할 수 없는
바다 푸른 내음

가슴 깊숙이 쌓였던
울화의 찌꺼기가
토해지는 듯한 후련함

뜨거운 눈물 같은
뭉클거리는 알 수 없는
설레임…

바다는 언제나 내 영원한
향수인지도 모르는
그리운 바다여…

제주 그 바다여

그곳에 가고 싶다
노상 바다는 푸른 빛깔로
설레이고 있겠지…

그 바다 제주의 그 바다
맑고 투명한 비취빛
그리고 사파이어 빛

무엇인가 그 빛깔은 다르다
제주의 그 바다 빛깔은
마음을 앗아가는 유혹이다

그 바다 그곳에서 꿈꾸듯
마냥 바다에 취해 온종일
조용히 성취의 꿈을 꾸고 싶었네

아! 이제 그 아름다운 바다와의
이별을 고해야 할 때
바다여 바다여 제주의 그 바다여! 안녕

녹음 속으로

짙푸른 녹음 속으로 오소서
이룰 수 없는 꿈이 있다면
그리운 이들이여!
그 꿈과 함께 오소서

슬픈 사랑의 이별로 하여
마음속 상처로움 있다면
더욱 서둘러 오소서

이제 남겨진 시간은 너무나도
소중하여 우리들 꿈도 사랑도
모두 하얗게 비워가야 할 때

저 무성한 초록빛 신선한 향기
폐부까지 스며들어 우리를
상쾌하고 행복하게 하리니…

망설임 없이 달려 오소서
그리운 이들이여!
두 손 잡고 미소 띠우며
녹음 속을 마음껏 거닐어 보세요

그 바다에 가리라

그 바다에 가리다
그 바다가 보이는 언덕에 가리다
멀리 아득히 보이는 수평선

애달픈 눈먼 새가 되어
날아가리다
물빛 고운 바다여, 바다여!

사람이 살면 백 년인가
고작 일백 년도 살지 못하면서
안달복달 마음을 다칠까

명예를 더럽히고
비리와 배신을 일삼고 사리사욕
부정부패 성폭행이 웬말인가…

더럽혀진 세상살이
하 어수선한 세상사
눈 시린 푸르른 바다여, 바다여!

그 바다에 가고 싶어라
그 바다에 가서 소리쳐 울고 싶어라
그 바다에 가서 목숨껏 소리치리라

마음 속 깊이 뉘우치리라
사람답게 살아야겠거늘…
바다여, 바다여 용서의 큰 바다여

그 바다 그리워만 하리라

너무 아름다운 그 바다
에메랄드 빛깔 가슴 파고들어
푸른 바람이 된다

눈물 흘리면 눈물까지
파란 빛깔일 것 같고

세속에 찌들렸던 모든 상념들이
순백하게 표백될 것 같은

내 오점과 과욕도 말끔히 씻으면
순결한 사람이 되지 않으랴

바다여 나의 마음 송두리째
빼앗아 잠시라도 행복하였네

그 바다에 가면 정녕 울 것만 같아
아름다운 그 바다 그리워만 하리라

아이들은 좋겠네

한낮 더위가 35도를 오르내리는
찜통더위에 그래도 아이들은
신나고 좋겠네

인공폭포수가 쏟아져 내리는
시원한 야외 어디서나
물놀이를 즐길 수 있으니…

물놀이 모습을 보고 있어도 마음까지
시원하고 미소가 띠어지는
아이들아 마음껏 신나게 놀려무나

유년도 잠시 잠깐 스쳐 지나가듯
지나버리면 다시 붙잡을 수 없는
애틋한 기억만 남으리니…

사랑스런 아이들아
천진한 천사 같은 아이들아
오늘도 내일도 마음껏 즐기려무나!

바다의 계절을 보내며

바다는 늘 거기 있지만
바다를 바라보는 마음은
항시 변하네

그리움으로 바라보는 바다는
아름답고 끝없는 꿈이었지만
헤어짐의 바다는 눈물이 되고

목숨을 잃었을 때의 비극은
끝없는 바다의 너비보다
더 큰 절망을 안겨 주었네

언제나 아름다운 바다로만
볼 수 있기를 소망하는 마음
그리움으로 다가서는 바다였으면…

저 물색 고운 바다를 바라보며
지난날 꿈꾸던 바다의
아름다운 기억들만 남아 있기를… 아! 바다여

무지개를 밟고 있는 아이들

막대 분수가 촘촘히 있는 공원
물놀이를 즐기고 있는 아이들
보는 것만으로도 즐겁네요

아름다운 무지개가 돋았어요
아주 나즈막히 돋은 무지개
한 여자아이가 무지개를 밟고 있네요

아무나 잡을 수 없는 행운을
여자아이도 자랑스럽나 봐요
두 팔 벌려 마음껏 자랑하고 있네요

어린 남동생도 달려오네요
빨 주 노 초 파 남 보
일곱 빛깔 아름다운 무지개

무지개를 잡으면
행운이 온다는 옛 이야기
모든 아이들이 행복하기를…

싱그러운 차밭

6월 초록빛 차밭이
너무 싱그럽고 아름답다
향긋한 차향기가
코끝을 스치듯한 착각을
느끼게 한다

정연하게 잘 가꾸어진
차밭 사이로
찻잎을 따는 여인들의 모습
꽃들이 피어난 듯
아름답다

차밭 사이로 산책을 즐기는
두 사람의 모습
한결 여유롭게 보이는
연인들일까
마냥 푸른 초원 같은 차밭이여…

녹색 풍경

짙푸른 푸르름이 지친 마음과
눈을 평안으로 이끌어 간다

계속되는 무더위에 지쳐
삭막해지는 영혼들

잠시나마 위안과 평온을
순간이라 하여도

느낄 수 있는 여유로움이
정녕 필요하리라

녹색의 푸르름이 주는 청량감이여!
우리를 생기롭게 하네

그 바람소리

창밖 짙푸른 나무들의 함성이
들려오는 듯 아름드리 나무들의
청청한 잎새들이 춤을 출 때
바람은 또 어디로 가서
나무들을 춤추게 하려는지…

창문이 흔들리지 않아도
바람소리는 흔들리며
잠든 내 영혼을 일깨운다
한낮 무료함으로 지쳐 있을 때
그 바람소리, 바람소리여…
소스라치듯 창밖 푸르름에 취한다

이 빛나는 햇살에

밝은 햇살이 살갗에 닿으면
바스라질 것 같다

너무 맑고 밝은 그 투명함이
팔에 닿으면 또 베일 것 같은
날카로움이다

6월 햇살이 언제부터
이토록 아열대지방의
강한 햇살을 닮아가고 있을까

밝고 칼칼한 6월 햇살
창을 통해 바라보는 그 맑고
밝음에 취해도

햇살 아래 노출되어
일하는 이들에게는 참으로
크낙한 고역이리라

6월의 햇살

두고 온 유년이
개울가에 앉아
아름답고 행복한 꿈을
줍고 있다

야들거리는 연초록의
물풀이 얼마나
보드러운지

물잠자리가 날아와
쉬었다 가고 작은 나비도
놀다가 간다

바람이 사알살 불어와
물결을 수繡놓고
송사리 떼는 몰려 다니며

물결을 헤집는다
작은 풀잎에 반짝이는
6월의 빛나는 햇살

보석보다 더 아름답던
꿈들이 지금도 고스란히
거기 남아 있나 보다

가뭄

타들어가는 가뭄 속 그래도
나무들은 꿋꿋이 푸르게 서 있다

논바닥이 갈라지고 저수지 바닥이
고스란히 드러나고 파종도 못한 땅들
언제 흡족하게 비가 내릴까요

옛 풍습처럼 기우제라도
마을마다 올렸으면 하는 마음
하늘이 감흥하여 비를 내려 주실지
타는 안타까움

여름 푸르름의 자연과
인간들의 삶을 위하여
비여 내리소서…

불볕더위의 여름철
비를 기다리는 마음들은
더 절실히 타오르리라
비여! 자비롭게 흥건히 내리소서

6월이 오다

경자년 6월이 왔다
세월이 너무 빠르다
어쩌면 5월이 되면

코로나19도 물러가겠지 하는
기대감도 허물어지고
6월을 맞이함이 슬픕니다

희망에 대한 어그러짐이
실망을 가져오고
그 실망으로 하여

좌절감에 빠질 수도 있는 허탈감
태어나 80년 만에 처음으로 겪는
상상도 해본 적 없는 두려움

아! 다시 한 번 더 열망의 기도
간절한 마음으로 소망하고픈
코로나19의 소멸을 기원합니다!

먹구름

하늘에 먹구름이 덮인 게 아니다
우리 국민 모두의 마음에
먹구름이 끼고

피를 토하듯 애통한 울분
마음껏 소리쳐 토해내고 싶은
간절한 마음들…

닫힌 절망의 구렁텅이에 빠진듯
희망이 보이지 않는
뼈아픈 현실이여!

무엇이 우리를 구원해 줄
힘이 될 것인가를 생각해 보아도
좀체 밝아오지 않는 먹구름

답답함이여! 안타까움이여
오직 마스크와 손씻기만이 유일한
방어의 수단이라니…

경자년 8월 어느 날

긴 장마에 코로나19에
모두가 우울하고
즐겁고 기쁨이 없는 나날

웃음까지 잃어버린
쓸쓸함과 외로움
답답하고 무거운 가슴

무엇으로 하여 위안을 받으오리까
8월엔 꽃도 별로 피지 않더이다
아파트 산책길에는…

그래도 매미가 새벽부터
귀청 떨어지게 우네요
이름 모를 삐삐새도 목청껏 웁니다

잠시 비 그친 하늘을 쳐다보며
참으로 맑고 푸른 하늘이
너무 그립습니다

부끄러움

코로나 19가 생성되어
전파되었을 때
태어나 80년 만에
처음 접하는 생경함

놀람과 두려운 마음
스스로 위로하고픔으로 하여
'꿈이라 해요(악몽)'라는
시를 썼습니다

몇 달이 지나면 소멸되겠지
단순했던 스스로 경솔했음이
너무 부끄럽습니다
여름이 오는 6월쯤이면…

혼자서의 속단으로 엄청난
착각이었음이 참으로 부끄러운
마음 가득히 '코로나19'의 소멸을
열망하며

부끄러운 마음 경솔했던 표현
'곧 깨어나면 기쁨 있으리라'
마지막 연이 나를 부끄럽게 합니다
진심으로 사과드리고 싶은 마음…

가을

외롭다는 말은
남기지 말아요

재스민 향기

꿈을 꾸네 가을 날 하오
햇빛 좋은 창가에
재스민 향기 짙은 차 한 잔

친구가 북경을 다녀오면서
내게 준 고마운 선물
고마운 마음 듬뿍 보내야지…

50년을 더 보듬어 온 友情
우리는 전생에 다정한
연인이었을까

언제나 고즈넉히 함께 바라보면서
목소릴 확인하면서 오래오래
부끄럽잖은 미쁜 사람이 되랴

지난해 겨울 느닷없이 찾아온 병마
안스런 친구의 모습
꿈속에서라도 기도하리니…

지금도 병으로 하여 앓고 있는
모든 친구들에게도
뜨겁게 기원하리라

하루 속히 쾌유되기를
짙은 재스민차 향기
그대들 창가로 보내리다

어느새 가을이

여름 속에 가을이
살그머니 숨어 있었나 보다
어느새 가을이 하늘 가득
파랗게 물들어 있네

바람까지 덩달아 서늘해지고
발밑까지 가을을 느끼는 이 상큼한 계절
그처럼 기승을 부리던 여름이
꼬리를 내리고 줄행랑쳤나 봐요

계절의 질서가 너무 감사해요
가을꽃들이 피겠네요
과꽃, 쑥부쟁이, 국화, 코스모스
아아! 여행을 떠나고 싶은 계절

사랑하는 이들이여
이 가을 함께 여행을 가요
가을이 너무 빨리 찾아와
잠자던 가슴을 설레게 하네요

억새풀과 코스모스

가을이 저기 있네요
드높은 가을 하늘의
투명함을 보세요

너무 푸르러
너무나도 맑아서
눈이 시려요

소슬한 바람에
하늘거리며 춤추는
가녀린 코스모스

억새풀마저도
바람 따라 하느작 하느작
가을을 노래하고 있어요

여름의 끝자락이려니
가을이 벌써 찾아온 줄
미처 모르는 사이…

가을은 벌써 저만치서
모오든 채비를 하고 온 천지에
가을을 퍼뜨렸네요

九月 가을바람

9월 소슬한 가을바람이
내 뺨을 입맞춤하며
속삭여요

청명하니 드높은 창공
영혼을 씻어 말리듯
깨끗하게 바래진 상념들…

9월이 아니고서야
이토록 청량할까
바람이여

고개 숙여가는 벼이삭
알알이 영글어 고운 빛을
띠어가는 열매들

세상의 보배로움이
우리의 가을이네
九月! 계절의 기품이여…

맑고 밝고
아름답도다
너무 아름답도다

가을 날

그리운 이여!
그리움마저 없다면
인생은 얼마나 삭막하리오

신이 내리신 생명의
갸륵함이 이 가을
더욱 감사하외다

산다는 것에 회의를 품고
잠 못 들어 하던 젊음의 방황이
그리워질 때도 있나이다

아직은 스산하기 이전의
이 청명한 가을 날
정말 비올롱 소리라도

들릴 것 같은 하오
그리운 것이 또한 행복인 것
같나이다

가을 날은 모두 함께
행복하게 하소서
아름답게 하소서

투명하게 닦여진 창공만큼
우리의 가슴도 닦여지게 하소서
그리운 이여!

흰 나무 울타리에 기대어

어느새 11월이 왔네요
흰 나무 울타리에 기대어 하늘을 보리라
가을이 거기 머물러 있는 모습 눈여겨 보리라
가을 속에 흠뻑 젖어서 삶이 때로 괴로울지라도
자연이 치유해 주는 행복함, 아 사랑하리라
삶이여! 숲이여 숲이여

깊숙이 심호흡하여 사랑함을 마시리라
자연이 주는 무한한 사랑을 닮으리라
내 옹졸한 심성의 밑바닥까지 깨끗이
씻어 가리다 가을숲의 아름다움
다— 사랑하리라
가을 숲이여! 가을이여 깊은 가을이여

가을 억새꽃이여

가을 바람에 춤추는
억새꽃이여
지나간 날의 푸르름을
그리워 하는가

삶은 지나가버리면
되돌아 갈 수 없는 외길
이제는 가을 억새꽃을 닮은
나의 머리카락

지나간 삶의 뜨거웠던 열정과
푸르던 기억들마저
억새꽃을 닮아 가고
깊은 가을날의 스산한 억새꽃이여… 안녕!

누가 이 가을을 사랑하지 않으랴

누가 이 가을을
사랑하지 않으랴…

가을 속으로 들어가
나무와 더불어 살고 싶다

가을꽃보다 아름다운 단풍
너무 눈부시어 목 메이게 하는

나무의 한해살이가 이토록 황홀할 즈음
사람들은 왜 쓸쓸함과 외로움을 생각할까

아름다운 단풍 길을 그대들이랑
너무 걷고 싶다

가을의 쓸쓸함이 주는 감성과 더불어
사색하지 않을 수 없는 계절의
그 깊이를 마음껏 받아들이고 싶은

자연의 은혜로움이여!
누가 이토록 아름다운 가을을
지피고 있나요…

감동스런 정취 깊어가는
가을이 참으로 황홀하다

오! 누가 이 가을을
사랑하지 않으랴…

단풍아 단풍아

누구십니까
이토록 아름답게
물들일 수 있는 이
누구십니까

아아! 내 사랑
다 쏟아 부어도 저토록
아름다울 수는
없어라

단풍아 단풍아
그토록 불타는
그대의 잎새
가슴 불 지르네…

내 아름답고져
몸부림친다 하여도
그대 잎새 한 조각
닮을 수 없네

그대 고운 잎새에
취하여 오늘 밤
꿈속에서도
그대를 생각하리라

낙엽 위에 뒹굴며

그대여 낙엽 위에 뒹굴자
우리 사느라 너무 지쳐서
조용히 낙엽을 밟으며 정답게
걸어 보질 못했네

그대여 오늘은 모든 것 다 잊고
낙엽 밟으러 가자
저 낙엽 위에 누워 마음껏
뒹굴어 보자

가슴에 와 닿는 낙엽의 촉감
가슴 위로 내려앉는 가을 햇살
뺨을 스치며 지나가는 가을 바람
그 모든 것의 느낌…

아아! 그대여 다 사랑하자
사랑하지 않고는 견딜 수 없는
이 아름다운 자연의 큰 사랑
다 사랑하자 그대여!

외롭다는 말은 남기지 말아요

가을은 그렇게 오고 있었다
푸른 잎새의 그리움이
타들어 가고

멀리서 부르는 계절의
또 다른 풍취風趣
가을이 가고 있는가

바람소리에도 물드는 가을
옷깃을 여미고
외롭다는 말은 남기지 말아요

가을이 남기고 가는 모든
기억들의 편린들
그리움으로 담아두세요

가을이 쏟아두고 떠나는
마지막 자취를
사랑하소서…

결실 1

샛빨갛게 익어 버린 가을햇살
예쁜 열매 속살 속에는
아기자기한 가을 얘기가
소롯이 배어있겠네

가을을 보내주신 이여
이토록 예쁜 열매까지
사랑의 빛으로 빚어
선물 주시옵니까

가을이면 외로운 사람
외로움의 그 깊은 마음속
열정의 사랑 숨어 있으리다
그래도 외로운 사람아

아름다운 가을 속으로
힘차게 걸어 나오소서
모든 가을의 결실을 보며
아름다움만으로도 행복하소서

가을에게

가을이여
이토록 아름답게
빛날 수 있는 가을이여!

만인의 가슴
설레게 하고 자취없이
떠나갈 그대의 여정

떠나버린 후의
남겨지는 모든 기억은
남아있는 이들의 몫이리니…

떠나버린 이의
추억 속에서 슬픔을
달래어야 하는 사람들

가을의 운명은 다시
되돌아 오는 희망이
스미어 있지만

다시 돌아올 수 없는
사람의 숙명
떠나가는 가을이여! 그대는 생각해 보았는가…

가을이 떠나던 날

유리알처럼 투명하게
빛나던 햇살
잎새마다 원색의 물감을
맘껏 칠해 놓던 눈부신 황홀함
가을은 그렇게 충만한 상념을
가슴 가득 품게 하더니만…

이 아침 窓밖은 텅 빈채
영혼까지도 붉게 물들이던
그 가을빛은
어디로 간 것일까
時間의 흐름은 인사도 없이 그토록
전광석화 마냥 달려 가버렸나…

계절의 덧없음이여!
망연자실 가을을 잃어버린
인간의 고독함
또 한 해의 가을은 내 가슴
깊숙한 곳에
추상追想의 집을 짓고 있겠네…

아픈 낙엽

낙엽이
바스락 바스락
소리내어

아프다고 해요
내 몸무게만큼
아프다고 해요

낙엽 밟는 사람은
가을 낭만을
즐길지 몰라도

바스락 바스락
낙엽이 아파하는
슬픈 소리

이 일을 어쩌면 좋아요
미안해 미안해
사과해야 겠지요

〈낙엽을 밟다가 문득…〉

가을 잎새들

조용히 돌아갈
채비를 하는가

파랗던 잎새의
변신을 눈여겨 보네

아름다운 계절의
순환이여

지나간 것은 모두
가슴 한 켠에

잠재우고 새롭게
찾아오는 감회를 사랑하리

집착은 욕망을 잉태하고
욕망은 공허를 부른다

아름답게 물들어가는
잎새의 순리

순수를 배우리라
아! 가을 잎새들…

가을의 기도

가을에는
마음이 익어가게
조용히 기다리세요

침묵하며 기다리는
인내와 성숙을
익히고

그리움으로 다가서는
지난 기억들을
음미해요

가을이 익어가는
아름다운 결실
깊이 감사드리리다

창밖 잎새마다
곱게 채색해 가는
잎새들

가을을 꾸며가는
분주한 계절의
변화여

설령 삶이 덧없다 하여도
사랑하고 사랑하며
끝없이 기도하리다

단풍이여 안녕

지난 해의 가을은
왜 그리 아름다웠었는지

해마다 맞이하는
계절의 의미가 참 다르다

마음이 한 곳에
머무르지 못하고

떠다니는 구름마냥
흐르는 강물마냥

변해가는 마음
탓이련가

곱디고운 단풍을
바라보면서 마음은

오늘 왜 이리 스산할까
병술년의 단풍이여… 잘 가요 안녕!

가을 여행

가을이 깊은 어느 날
이름도 알 수 없는
간이역에서

그대를 만나면
행복한 미소
띄우리라

스산스럽게
바람이 불고
억새풀마저 지고 없는

황량한 가을일지라도
그대를 만나면
행복하리라

언제나 생각하면서도
홀로 떠나지 못하는
가을 여행

꿈속에서나마
아름다운 만추의
작은 간이역에서

그리움과 사랑을
간직하고
그대를 기다리랴…

가을 어느 하오에

거실에 홀로 앉아
바라보는 창밖 풍경이
너무 정겹다

곱게 단풍 옷을 갈아 입은
잎새들 맑고 투명한
가을 햇살이 주는 위안이
행복하다

캔 한 개의 '카프리'가 주는
아릿한 취기도
마음의 긴장을 풀게 하고

욕망을 버린 소시민의
행복한 하루
내일은 또 다정한 친구를
만나는 즐거움

작은 행복들이
오늘 참으로 소중하고
아름답다

정해년 떠나는 가을

현란한 빛깔을 지피던
가을이여
가슴 가득 추억을 남기고
떠나 가는가

수없이 맞이했던 가을날의
곱디고운 정감들
지나간 것은 모두가
사무치도록 그리웁네

청자빛 가을 하늘에
날려보낸 내 삶의 열정들은
지금쯤 어디 뫼서
조용히 쉬고 있을까

되돌아오지 않는 삶의 여정 길에
가을은 슬픔 같기도 하고
찬란한 기쁨 같기도 한 떠나는
가을 모습은 정녕 그리움을 남기네

가을 벤치로 오소서

높푸른 가을 하늘
상큼하니 불어오는
가을 바람

살풋살풋 나부끼는
코스모스의 흔들림
아! 사랑하는 가을

가을이 부르는 노래
들리지 않나요
가슴 설레이는

계절이 바뀔 때마다
알 수 없는
사랑의 느낌

가을 벤치에 앉아
그대를 기다리리라
그대여! 가을 벤치로 오소서

어느 가을 날

가을 햇살이 묘약인듯
오늘 하루는 행복한
추억 속에서 보내렵니다

나이 듦이 오히려
마음을 여리게 하나 봐요
몸은 자꾸만 변해 가도

마음은 점점 더 여려지고
감성적이 되네요
남아 있는 시간의 소중함 때문일까요

창밖 우거진 나무숲들이
맘껏 뽐내며 고운 단풍을
자랑하고 있어요

취해서 넘보고 있는
눈빛이 순간 흐릿하게
눈물을 핑 돌게 합니다

아름다운 가을
아름다운 자연
아름다운 사람으로 살고 싶습니다…

가을 억새

백발이 되어버린 억새
바람이 조용히 백발을
쓰다듬고

산등성이를 넘어
가을을 재촉한다

한 해의 고비를
고즈넉히 은빛으로
바램하기 위해

억새는 그렇게 비바람을
맞으며 세월을 보내고
짧은 순간이나마

환호하는 사람들의
기쁨을 사랑하고 있다

설령 가을의 백미가
단풍이라 할지라도
바람에 나부끼는

은빛 억새의 환상을
떨칠 수 없으리라…

가을의 영원한 나그네
억새의 여정이
마음을 설레게 하네

가을 속으로

가을이 절정으로 타오르고
타오르는 가을 속으로
마냥 달려가고 싶습니다

저토록 남김없이
불타오르게 하는 분이시여
참으로 위대한 흔적이옵니다

한 방울 남김없이
열정으로 빚으시고
이내 거두어 가실지라도

황홀함과 더할 나위 없이
풍성하여 감사함이
넘치게 하옵니다

깊은 사유와 사랑과
고독이 함께 공존할 수
있음도 축복입니다

가을이 불타오르는 절정 속으로
자유로운 몸짓으로 마음껏
질주하고픈 유혹에 빠집니다

마지막 남겨진 가을이여

아아! 불꽃같은 가을
가을이 거기 있었네

훌훌 타오르던 불꽃
마지막 가을이 가는 길은
그렇게 아픔인가

잎새 하나도 남김없이
훌훌 태우고 사라져 가는
가을이여…

바라보는 영혼까지도 죄다
붉게 물들여지는 듯
타오르고 싶은 욕망

때로 버리고 가는 것이
더 아름다운가
잊혀지고 버려지는 모든 것들

이제 사라져가는 것조차도
아름다워라
마지막 남겨진 가을이여…

경인년의 9월은

처음 9월이 왔을 때
무더위는 8월의 더위만큼
기승을 부렸고

빈번하게 쏟아지던 비
폭우를 동반한 태풍은
몇 개나 지나갔는지…

꽃잎에 스쳐 지나가는
바람처럼 경인년의 9월은
그렇게 지나가 버렸네

봄날은 있었던가
희미해져 가는 봄날의 온기도
옛날 같지 않고

즐겁던 한가위의 흥취도
호우와 침수로 하여
슬픔이거나 절망이 되고…

지구촌 곳곳의 예측할 수 없는
돌연한 기후변화와 피해
누구를 무엇을 원망할까

스쳐 지나가는 바람처럼
경인년의 9월은 상처만 남기고
그렇게 속절없이 지나가 버렸네

결실 2

가을이 남기고 간 마지막 선물이

너무 아름답다

티 없이 맑고 푸른 창공

앙상한 감나무 가지마다에

빠알갛게 박힌 보석 같은 열매

보석을 쪼우고 있는 검은 새

한동안 새들은 행복하겠네

마지막 남겨진 가을 풍경이

가슴까지도 맑고 푸르게 물들이네

9월의 아름다운 가을

코스모스가 곱게 핀 가을

파아란 하늘 흰구름

서늘한 바람에 하늘거리는

코스모스 보는 것만으로도

미소가 웃음이 행복한

마음이 되네요… 나는

꿈꾸듯 펼쳐진 첫 느낌으로

다가온 아름다운 가을이여!

가을의 영혼

가을의 영혼이 여기 있어요
혼신으로 표출하는
가을의 열정

꽃만큼 아름다운 가을의 절정이
가을 최후의 모습으로
영혼을 태우고 있어요

간절하게 염원하며
떠나가는 가을의 숨막히는
이별이여…

가을의 유혹

가을의 발자국 소리
가을 문턱을 넘어
가까이 다가오네

스산하고 황홀한 가을
그 빛깔에 취해
가슴 떨리는 사랑…

가을은 왠지 설레이다
못해 아픔까지도
가을이 주는 유혹이련가

그리움의 길목마다
가을은 또 그렇게
한 해의 사랑을 남기고 가는가

산수유 열매

오후 산책길에서 만난
산수유 열매
빨갛게 익어 토실토실
나를 유혹했다

한웅큼 따서 손수건으로 닦은 후
입 안 가득 집어넣었다
시큼 떫떨 달콤
산수유의 가을 향기

'봄에 소독약을 뿌렸을 텐데'
걱정하는 친구의 말
'봄에 쳤으니 죽지는 않을 거야'
호호호 히히히 유쾌하게 웃으며

산수유 열매 향기에 취해
오늘따라 친구와의 산책길이
더 행복하고 즐거운
28년을 함께 걷는 산책길

가을이 웃다

내게 가을이 웃는다
아직도 남아 있는
가을날

스산한 바람 불어도
하늘은 높고
푸르다

남아 있는
가을날의 정취가
한없이 좋다

가을날의 여운은
흩날리는 낙엽
우수수 몸을 떨며 날고 있다

겨울 문턱은
조금씩 가까이 다가오고
마지막 가을날의 고별은

마음을 숙연케 하거나
조금은 아쉬움으로 하여
슬프게 하리라

11월이여 안녕

두 다리 힘껏 내딛어
겨울의 문턱
잘 넘겨야지

각오와 준비를
미리 갖춘다면
무엇인들 두려울까

그리도 희망에 부풀었던
청마의 해 2014년도
이제 한 달밖에 남지 않았네

어느 해인들 다사다난했고
꿈은 늘 꿈으로만
남겨지고 마는가

세월호의 비극을 낳고
어수선하다 못해
참혹하고 참담한 한 해였었네

2015년은 양의 해
부드럽고 따뜻한 털만큼
순리로 넘어가는 좋은 한 해가

되었으면 하는 소망
모두가 합심하여 행복한 나라
만들어 갔으면 하는 성급한 마음…

단풍에게

가을 만났으니 곱게 웃느냐
불타듯 빨간 잎새들아
고운 명주 노랑저고리 닮은
은행잎아

가을 되어 알알이 익은
밤톨마냥 짙은 갈색빛을 띠고
뚝뚝 떨어지는 작은
잎새들아

산책길을 따라 너희를 밟으며
가을을 마음껏 마시었노라
사람은 친구가 있어 나누이는
대화들이

함께 걸으며 즐거워 한단다
잎새들아 너희의 가을은 어떠냐
그저 곱다거나 쓸쓸하다고
그렇게만…

2016년의 가을도 이제
깊어가고 얼마 남지 않아
너희는 바람 따라 어딘가로
떠나겠네… 안녕 안녕!

9월이 오다

오! 2018년의 9월이 오다
설령 오늘 무덥다 하여도
9월이 우리를 찾아 왔으니

불볕의 8월은 가버렸음을
나무들도 바람도 하늘도
죄다 알겠지요

하늘이여! 더 드높게 푸르게
가을을 노래해 주세요
바람이여! 더 서늘히 불어 줘요

9월이 온 것이 이토록
기쁨이 될 수 있음은 2018년의
8월 찜통더위가 준 선물…

아! 9월이 왔다
기다림의 가을 첫 걸음
9월이 왔노라… 九月이

무술년 바람이여

바람은 가을이 온 것을
아는가 보다

한두 뼘 열린 창으로 바람이
써늘하게 불어온다

그 무덥던 111년만의
8월 불볕더위의 기억

좀체 잊지 못하고
오래도록 기억되리라

바람이 불어올 때마다
느껴지는 상쾌함

가을이 찾아 왔다는 느낌을
온몸으로 감지케 한다

9월이 열리면서 너무나도
다른 감각적인 가을이여

가을이 가까이 왔을 때 피부로 하여
느낌을 받기란 처음 같다

가을이여! 희망이 보이는 것 같은
감사의 마음 보내리다

가을 선물

가을이 오는가 했더니
벌써 가고 있네
야속케도 내린 가을비에
곱게 물든 단풍잎새 반만큼은 떨어지고
세월은 속절없이 달려만 가네

어느새 여든을 향해 달려가고
마음은 아직 예순에도 못 미친
그 시절에서 서성이는데…
고운 잎새들아 너희를 보고 있는

눈들이 황홀해지는 이 가을
40년 지기 벗을 상주에서 만나고
맘껏 웃고 얘기했던 그 기억만은
오래오래 간직하고 싶은 마음

이 가을 고향 안동에서 안사 졸업
60주년 기념 동기회를 하고
상주에서의 절친과의 해후는
참으로 즐겁고 행복한 선물이었네!

낙엽을 주으며

가을이 영글어가는 흔적을
남기고 있다
칠층에서 내려다보는 아파트
정원은 무척이나 아름답다

노랗게 빨갛게 갈색빛깔
잎새도 한데 어울려
가을이 너무 곱다

샛노란 은행잎을 줍는다
빨간 단풍잎을 줍는다
벗나무 잎새도 빠알갛다

몇 날이 지나면 이 아름다움도
사라져버릴 내일이 되겠지
떨어지고 남김없이 쓸어버리면
가을의 흔적은 어디에도 없어지겠네

그리해 또 새로운 계절 겨울이 오고
쓸쓸함과 외로움과
슬퍼할지도 모를 사람들…

낙엽을 밟으며

노란 은행잎이 가득 떨어져
아저씨 한 분이 말끔히 쓸고 있는
인도를 걷는다

가을이 주는 낭만에 취하기보다
덧없이 지나가는 세월의 물결에
엷은 회오 같은 것이 느껴진다

내가 열아홉 살이었을 때
여든을 생각해 본 적 없었고
기껏 회갑을 맞이하는 연륜의

할아버지와 할머니를 생각했을
뿐이었는데…어느새 여든이 된 나
젊음에 대한 부러움도

늙음에 대한 회한도 없이
무심한 마음 그 무덤덤함은
어디에서 오는 걸까

숱한 시행착오를 겪으며
살아온 여든 해의 삶의 경험 때문인가
체념의 여유인가!

낙엽과 비

축축히 내린 늦은 가을비
아니면 겨울을 재촉하는 초겨울비
비에 젖은 낙엽들이
인도 위에 깔려 있다

아직은 이른 아침
낙엽이 떨어져 있는
그대로의 정경이
참 고즈넉하다

우산을 받고 가는 사람
우산 없이 그냥 가고 있는 사람
창밖으로 보이는
이른 출근길의 사람들…

창문을 열고 팔을 내밀어
손을 흔들어 본다
정말 아주 가느다란 실낱같은
비의 촉감

봄비라면 그냥 맞으면
기분 좋을 것 같은 비의 느낌
낙엽들이 그런 비를 맞으며
더 진한 빛깔을 뿜고 있다

2019년 11월 11일의
이른 아침 풍경이여
마지막 기억 속에서 오래오래
남겨지리라…

경자년 시월이여

시월의 마지막 날이여
왠지 모를 멍멍한 가슴 되어
울고 싶어라
창밖엔 아직도 고운 단풍 잎새들
가고 오는 계절의 수레바퀴 소리
울리는 듯

드높은 가을 하늘
올려다보며 뜨겁게
기도드리고 싶은 마음
보이지 않는 코로나19의
구속에서부터 벗어나고픈
뜨겁고 간절한 소망이여

내일이면 어느새 11월
가을날의 정취가 여운 되어
우리들 가슴속으로 스며들 때면
늦가을 날의 스산함과
쓸쓸함으로 하여
더 깊은 아픔을 주리라

경자년 시월의 슬픔이여!
안녕
안녕
안녕…
진정 안녕이고 싶습니다

겨울

겨울 여행을
떠나요

12월 첫날에

어느새 다 가버리는 걸까
아쉬움뿐이었는데
그래도 남아 있네

12월이…

남아 있는 건 보석 같다
한 해를 떠나보내는 걸
사랑해야지

더 사랑해야 할 것은
얼마 남아 있지 않는
연륜

다 사랑하자…

지나가 버린 건 꿈이다
아름다운 꿈
아름답던 꿈

숱한 욕망의 꿈들
꿈을 버리고 돌아설 때의
허전한 어깨

태어나면서부터
외로운 사람도 있어
12월에는

외로움은 남기지 말고
다 사랑하자
다 사랑하리라…

설원에서

설원 위에 비추이는
햇살의 찬란함

설원에 묻히고 싶은 마음
목숨을 부수이고 싶더이다

설원의 순결함을 모르는 사람아…
설원에 묻혀 울지 않는 사람아…

끝없는 설원의 뜨거운 숨 막힘이
더 크낙한 송구함이

목숨이 돌아갈 날의
오한을 잊게 하더이다

겨울바다

지금은 외로운 겨울바다

비취빛 바다의 외로움이

마음을 텅 비게 한다

마치 해일이 지나간 뒤의

고요처럼 적막하다

저 외로운 바다가

더욱 좋다… 나는

겨울 여행을 떠나요

그대는 바이칼 호수를
꿈꾼 적 있나요
석순옥과 안빈박사의
"사랑"을 읽으며 바이칼 호수의
꿈들을 꾸기 시작했지요

아직껏 바이칼 호수는
마음속에서 떠나지 않고
바이칼 호수는 영영 갈 수 없대도
우리 여행을 떠나요

눈 덮인 조그만 호수가 있고
호수 주위로 빽빽이 둘러싸인
미루나무 숲길 앙상한 가지마다
바람이 지나가고

저 멀리 보이는 기차 선로
사람들은 기차를 타고 설레이는
마음으로 어딘가를 떠나가지요

설령 꿈속의 바이칼 호수가
아닐지라도…
을유년을 영영 떠나보내며
마음속 겨울 여행을 떠나렵니다

눈雪 세상

밤새 눈이 내렸네
함박눈이 내렸네

나는 오늘 눈 세상의
아름다움만 말하리다

온 세상이 하얗게
은빛으로 눈부시고

이 아침의 왠지 모르게
가슴이 벅차오르는 느낌

옛 시절의 아름답던 눈 세상
순수한 기쁨으로 충만했던

알 수 없는 신선함과
부풀어 오르던 마음의 향취

온 세상이 아름답게만
느껴졌던 풍성한 포만감들이

되살아 나는 듯 나는
오늘 아침은 눈 세상의

아름다움만 생각하리라
눈 세상의 순수만 기뻐하리라…

겨울 호수

눈 덮인 겨울 호수
외롭겠네

토끼랑 다람쥐들
제다 어디로 갔나

살 에이는 바람소리
나무들도 춥겠다

인적 드문 외로운
겨울 호숫가…

눈옷 입은 나무들이
그래도 너무 아름답다

겨울이 춥고 깊으면
겨울의 품안 깊숙이 숨어서

봄은 살포시 눈眼을 감고
잠자는 듯 오고 있겠네

눈 내린 아침에

세상의 띠끌 다
덮으리라

하얗게 빛나는
아침은

세상의 욕심
세상의 거짓일랑

죄 벗어 버리고
그 하루만이라도

순백한 마음
감사드리는 마음으로

세상 사람들
모두가 행복했으면…

2008년 마지막 날에

1.
겨울 날씨 답지 않게
햇살이 눈부신 날

창가에 놓아두었던
화분마다 예쁜 꽃들을 가득히
피워내고 있네요

철쭉꽃이랑 꽃기린
시클라멘 베고니아 행운의 꽃…

꽃을 보고 있노라면
괜스레 마음이 흐뭇해집니다

찔끔 부어주는 물만 먹고도
꽃은 언제나 잘 자라고 있어
고맙기 그지없네요

2.
외롭거나 나이듦이 서러울 때면
꽃을 키우세요

그저 때가 되면 곱게 피어나
어여쁨과 사랑의 향기를 주지요

햇살이 유난히 눈부신 날은
하늘에서 강복降福이
쏟아지는 날인가 봐요

사랑하는 모든 이들이여!
올 한 해의 근심걱정 다 떨치시고

새해 새 마음으로
새 희망과 열정을 가꾸어 가요

눈이 올까요

1.
12월엔 눈이 그립다
펑펑 쏟아지는 눈
펄펄 눈꽃송이가 날리며

눈은 그렇게 우리들
마음속에 남아 있다
유년이었을 때

창호지 문을 통해
희뿌연히 밝은 빛이
방 안으로 쏟아져 들었다

보이는 건 제다 하이얗다
나뭇가지마다 소복이 쌓인 눈
왠지 마음이 행복했다

눈이 많이 쌓여도
걱정될 것도 없이 마냥 들뜨고
기뻤던 일뿐이었는데…

눈이 그립다
몰래 살짝 왔다 가버린 첫눈
아무도 볼 수 없었다

2.
지난주엔가
두 번째 내린 눈이
꼭 첫눈 같았다

펄펄 보기 좋게 내리더니
순식간에 그쳐 버린
그래서 아쉬움만 남았나 보다

눈이 올까요
눈이 내리면 무언가 들뜬
그런 마음이 이제는 송구스럽다

두려운 눈 피해被害
기쁨보다 아픔이 더 클테니…
그래도 12월엔 눈이 그리웁다

을숙도의 철새들

날씨가 좀 더 풀리면
을숙도의 철새들
추운 북쪽나라로 날아가겠네

정들었던 을숙도 물빛이랑
갈대숲 그리고 모래톱
그립지는 않을까

무리지어 떠나는 길
외롭지는 않겠지만
수백만 리 길 힘들지는 않을런지…

해마다 잊지 않고
을숙도를 찾는 철새들아
잘 갔다 다시 겨울 오면 돌아오려무나

겨울 소라 껍데기

파도가 놓고간 빈 바닷가
홀로 남겨진 소라 껍데기
발자국조차 하나 없는
그 바닷가의 적막함이여…

누군가의 삭막한 삶의 울음소리
들리는 듯 저 허허로운
끝없는 빈 모래벌의 외로움을
혼자 가늠고 있는 슬픈 소라 껍데기…

겨울 햇살 좋은 날

겨울 한낮 햇살이
밝은 날이면
날개를 달고 날아오른다

수만리 먼나라에도 가고
수만 일의 옛날로
돌아가서

유년의 친구 얼굴을 보고
수줍던 날의 미소도
띠어본다

이렇게 기분 좋은 날의
행복함이 좋다
한없이 감사하다

그래도 지금처럼
건강할 수 있고
친구들이 건재하다면…

노년의 바람이
또 무엇이 있는가
겨울 햇살 좋은 날

소파에 편안히 앉아
창밖 유난히 빛나는
겨울 햇살을 바라본다

옛 겨울 이야기

어느 시절 겨울을
무척 싫어하던
때가 있었다

내복도 없던 그 시절
겨울 추위는 혹독했고
이빨이 서로 부딪쳐
딱딱 거렸다

장갑도 없이 꽁꽁 얼어서
빨갛게 달아 오른 손가락들
난방이 있을리 없는

쉬는 시간이면 햇볕 드는
교실 담벼락에 나란히 서서
햇볕 쪼이기가 다반사였네

이십 리 길을 걸어서 다니고
아니 그보다 먼 길도 걸어서
학교엘 다녔던…

그래도 난 읍내에 살아서
한 5리 길은 되었을까
참! 그 옛날 겨울 이야기

철새들

너희들 마지막 안식을
취하고 있나 보다

어느결에 2월이 오고
얼었던 강물까지 풀려

먼 추운 나라로 곧
떠나야 하는가

그래도 정들었던 곳
아쉬움으로 하여

웅크리고 있는
겨울 철새들…

눈꽃 1

그냥 눈꽃을 보며 기뻐하리라
새하얀 눈이 내려 소복이 쌓인
나뭇가지들의 모습만 보리라
겨울의 백미조차 순수히
즐길 수 없는 마음 자연의
변화에 상처 받는 사람들…

그냥 그렇게 단순히 눈꽃을
바라보며 즐거워 할 순 없는가
유년의 첫눈이 내린 아침의
기쁨을 상기하며 도시의
교통지옥은 잠시 접어 두고
그냥 그렇게 눈꽃에 취하면 안 될까…

겨울 풍경을 보며

나이 탓일까요
왠지 겨울 풍경이
싫으네요

쓸쓸한 것도 싫고
외로움도 아픔도
너무 싫어요

겨울 속에 숨어서
고이 잠들고 있는 봄
그 봄이 그리워요

아무도 몰래
한 발자욱씩 걸음마를
시작했을지도 모를 봄!

아아! 봄이 오고 있는
물소리 듣고 싶어라
졸졸졸 얼음 풀리는 소리

나는야
봄을 기다린다네
겨울 풍경 바라보며…

첫눈

첫눈이 내린다 11월에
첫눈 같지 않게 펑펑 내린다
쏟아져 내리는 첫눈을 바라보며
여든을 바라보는 연륜도 미소 짓는다

창문을 열고 폰으로 첫눈을 담아본다
눈 같은 느낌이 전연 보이질 않는다
서운한 마음은 잠시 체념이 훨씬
더 빠르게 사라진다

사진작가도 아니고 망원렌즈도 없는데
당연하지 않는가
마냥 창밖을 내다보며 첫눈을 즐긴다
11월의 끝자락이 눈을 불러 오다니…

오늘 하루는 마냥 행복하다
펑펑 쏟아지는 병신년의 첫눈이여
눈이여 눈이여
마음 가득 순백의 기쁨을 주누나!

병신년 12월

12월이네
기다림이 없어도
12월이 왔네

숱한 기다림으로 하여
살아온 세월 속
12월처럼

기다림이 없어도
다가오는 행운이 있다면
얼마나 좋을까

어렵고 두려운 현실 속에서

12월이 다가온

순환처럼

희망과 평화로움이

찾아 왔으면

상처뿐인 대한민국에…

바람의 노래

바람이 노래를 부를 때
나뭇잎들은 춤을 춘다
잎새껏 몸전체로 춤을 춘다

즐거움일까 몸부림일까
나뭇잎의 속내를
나는 모른다

다만 내 눈에는 춤이라고
춤추는 것이라고
생각하련다

제 마음대로 자신의 뜻대로
생각하는 버릇이
사람의 속성

너무 많은 것을 알려 말라
사노라면 때로 단순함이
자신을 행복하게 하리니

바람아 노래 부르라
세찬 바람 소리에
깨어나는 영혼도 있으려니…

바람아 불어라
불어라 바람아
내 마음도 때로는 춤을 추리라!

겨울나기

겨울 날씨가 춥다하여
웅크리고만
있을 수 없잖아요

제 할 일 죄다 하면서
추위를 이겨내야 하는
우리들의 의지

고난에 부닥칠 때마다
더 강해지는 근성
용기를 내서야죠

불끈 힘내세요
두텁고 따뜻한 옷
챙겨 입으셔요

오늘 할 일 내일로
미루시지 마시고
앞으로 앞으로 나아가요… 우리

눈꽃 2

잎새 떨어진 나뭇가지 위
하이얀 눈꽃이 피었네
눈꽃을 보는 눈은
취해 있어도 마음은
그리 즐겁지 못한

겨울 나뭇가지 위에
소복이 쌓인 눈의 아름다움
유년의 눈 오던 날은
마냥 즐거웠고
기쁜 날이었는데…

눈이 내리던 날 딸아이는
"엄마 절대 밖에 나오지 마세요"
메시지를 보내 왔다
이틀을 집 안에서만 있었고
창문을 통해 보이는 정경은

아름다움보다 염려가 되는
마음은 언제부터였던가
눈의 낭만은 영 사라지고
눈 내리는 날은 걱정스러움을
불러오는 날이 되어버렸네

강추위

그야말로 강추위가
몇 날을 계속되고 있다
맨 아래층에 피해를 주지 않기 위해
빨래를 삼가라는 방송

아무리 강추위라 해도
어떤 방법으로라도 추위를 막을 수 있지만
빨래를 할 수 없음은 분명
참으로 불편한 일이 아닐 수 없다

며칠 전 추위가 좀 풀린 것 같아
세탁기를 돌렸다가 물이 빠지지 않아
수동으로 물을 빼주고 다시 가동하고
무려 세 시간도 더 걸려 끝낸 빨래

그 덕분에 조금 낫던 감기가
더 심해져 몇 날을 앓아 눕고 말았던
삼한사온의 우리나라 겨울날씨는
이제 '칠한팔미'

칠 일은 춥고 팔 일은 미세먼지
이런 강추위가 지구변화의 결과라면
다시 변화시킬 방법은 정녕
어디에 있을까요

겨울 한강을 보며

잔물결이 무늬를 그리며 남실거린다
아침 영하 7도의 추위에
얼지 않고 유유히 흐른다

목요일이면 아침 열시 한강을
건너가며 지하철 안에서 강을
바라봄이 마음을 안온하게 한다

행복함이라면 이런 것도 행복이리라
기대감을 안고 가는 오늘 하루의
일정에 들뜬 마음…

행복은 각자가 마음으로 느끼는
자족감이라면 어떤 경우에도
동요치 않는 평온한 마음도

그것이야말로 행복한 마음이리라
생각하며 오늘 하루 고향 절친들을 만나
함께 다녔던 학창시절의 추억까지

나눈다면 참으로 즐겁고
행복한 날이 아니겠는가
여든을 넘나드는 절친들…

언제나 건강하게 만날 수 있기를
가슴 속 깊이 기원하며 지하철 노인석
혼자서 엷은 미소를 머금는다

나목

창문 밖 휑하니 비어진 공간
나목들이 쓸쓸한 모습으로
줄지어 서 있다

여름날 푸르름이 무성했던
그 자리… 빨강 노랑 곱게도
물 들었던 가을날의 정취는

어디에도 남아 있지 않고
자취 없이 텅빈 쓸쓸함
간밤에 내렸던 눈▦의 흔적

삭막한 겨울 풍경 속에 그래도
푸른 소나무와 키 큰 전나무 몇 그루
봄은 아직 저 멀리 있는데…

쓸쓸할지라도 기다려야 하는
계절의 순환… 잠자코 나는
기다림에 익숙해져 가겠네

겨울 꽃

하이얀 눈이 소복이 소복이
쌓인 아침엔

온 세상이 잠든 듯이
고요하다

가쁜 숨결도 꿈틀이던 마음도
고요히 가라앉아

참으로 잠이든 듯 꿈길을 헤매이듯
아늑하다

유년의 그 눈 내린 아침이
너무 그립다

은빛 세상의 아침 햇살은 또 얼마나
아름다웠는지…

눈 내린 아침

눈 내린 아침이 눈에 선하다
커튼을 젖히자 새하얀 눈세상
눈이 예쁘게도 내려 있었다

다시 하이얀 눈송이가
펄펄 내리기 시작했다

눈 내리는 정경이 너무 아름답다는
생각은 근래 첫 느낌이었다

딸도 눈 내리는 정경이 그토록
아름답게 느껴진 건 처음이라고
다시 눈이 내렸으면 하는 바람

그 아름답던 정경이 한낮이 되자
눈은 사라지고 나무들은 눈 자취를 잃은 채

앙상한 나뭇가지들만 보이고
서 있는 그 아쉬움이여!

눈雪

사르르 사르르 눈이 내리고
앙상한 겨울 나무들
하이얀 눈옷 입었네

눈 내리는 고요의 풍경
바라보며 눈眼속에
담겨지는 옛 추억

내일 아침엔 뽀드득
뽀드륵 하얀 눈雪을 밟으며
아이처럼 즐거워 하리라

사랑

고요의 시간 지나온 세월

뒤돌아 볼 때

삶이 행복하였노라

말할 수 있다면

그건 분명 사랑이었어라

삶을 사랑할 수 있는 마음

삶을 긍정할 수 있음이

세상에서의 가장 큰 사랑이리라

후기

詩를 쓰겠다는 마음가짐도 명시를 마음하는 욕망
도 없이 그냥 어쩌다 생각나는 말(낱말)이 두어 개만
연이어 떠오르면 그 말들로 쓸 수 있는 글을 쓰기
도 합니다.

때로 너무 일상적이고 산문적이고 부끄러울 수도
있지만 그건 내 삶의 위안이어서…

태어나 여든이 될 때까지 내 마음으로 한 것보다
타인의 뜻에 따라 소극적으로 행동하며 살아온 것
같아, 이제는 내 마음으로 내 뜻으로 남은 세월…
주어진 세월!

내 인생길 기쁨으로 즐겁게 행복한 마음으로 살려고 합니다.

지난 15년 모아 온 글 중에서 뽑아 본 것이 임영희 시집 3, 4집이 되고 다시 5, 6집을 꾸몄습니다.
부끄러울지라도 내 삶의 기쁨을 위해 행복함을 위해 그냥 그렇게 단순히 만족하려 합니다.

2021년 2월

임영희 林英姬

오랜 인생 속에서 완숙하게 익어가는
시상(詩想)의 깊은 매력이 꽃비처럼
우리 마음을 적시기를 소망합니다!

– 권선복
도서출판 행복에너지 대표이사

    2020년에서 2021년으로 이어지는 한 해는 유난
히 인류가 시련에 직면해야 했던 한 해가 아닐까
합니다. 코로나19로 인해 일상생활을 제한당하면
서 생겨난 '코로나 블루'라는 유행어가 현재의 상황
을 잘 설명해 줍니다. 작금의 현실은 모두가 힘을
모아 이겨내야 하는 시련인 만큼, 우리의 마음을

정화시켜 주고 긍정과 희망으로 다잡아줄 수 있는 도움이 반드시 필요한 시기에 이러한 도움을 줄 수 있는 것이 책, 그리고 문학의 강력한 힘입니다.

그런 의미에서 꾸준히 작품 쓰기를 계속하고 있는 임영희 시인의 제5·6시집 『봄 여름 가을 그리고 겨울』과 『아름다워라 산하여』는 우리에게 바로 이 순간 필요한 마음의 정화를 제공할 수 있는 아름다운 책입니다.

이 두 시집을 통해 시인은 아름답게 정제된 시의 언어와 예리한 관찰력으로 평범한 일상 속 사계절의 변화를 지켜보며, 혹은 명산과 명소에서 느낄 수 있는 자연의 경이로움을 노래하고, 동시에 이 세상에서 살아가는 모든 선량한 사람들에 대한 깊은 애정을 가지고 코로나19로 인해 파괴된 일상의 복구에 대한 간절한 희망을 시로 노래하기도 합니다.

임영희 시인은 스스로 20년간은 시와 관계없는 삶을 살았고, 우연히 글쓰기를 시작하면서 15년이란 세월이 지나자 많은 글들이 모여⋯ 2019년 12월 임영희 제3시집 『그리워 한다고 말하지 않겠네』, 임영희 제4시집 『꽃으로 말할래요』를 출판한 후, 남은 작품들로 5·6집을 다시 출판하게 되었다고 합니다. 이는 어려운 시절을 견뎌오고 오랜 세월 동안 삶에 부닥쳐 온 연륜이기에 이해하고, 말할 수 있는 완숙한 통찰이라 느껴집니다!

　정제된 언어로 대자연의 경이와 인간에 대한 애정을 동시에 노래하는 임영희 시인의 목소리가 누구나 마음 한 구석에 품고 있을 순수한 자연의 감성을 일깨우기를 바라며 긍정의 힘으로 마법을 걸어 선한 영향력과 함께 힘찬 행복에너지가 대한민국 방방곡곡에 전파되기를 축원 드리며 출간을 진심으로 축하드립니다.

· 임영희 저자 약력 ·

· 안동 태생
· 안동사범 병설중학교 졸업
· 안동사범 본과3년 졸업
· 숙명여대 문과대 국어국문과 졸업
· 초등학교 교사 6년
· 1972년 월간 시 전문지 『풀과 별(신석정, 이동주)』 추천
· 현대시인협회 회원
· e-mail: vivichu429@hanmail.net
· 블로그: http://blog.daum.net/vivichu

가족요양 제도

가족요양제도란?

65세 이상의 아픈 내 가족을 직접 모시면서 급여를 받을 수 있는 제도

가족요양의 조건

1. 모시는 사람은 요양보호사 자격증을 취득해야 합니다.
2. 모시는 사람이 다른 일을 한다면 월 160시간보다 적게 일해야 합니다.
3. 그리고 모심을 받는 어르신은 고혈압, 뇌졸중, 치매 등 노인성 질환을 가진 어르신들에게 발급되는 노인장기요양보험 등급을 받아야 합니다.

케어링이란?

국가에서 센터에게 지원금을 주고, 센터에서 요양보호사에게 급여를 나눠줍니다. 그래서 센터마다 모두 급여가 다릅니다.
케어링은 전국 최고 수준의 급여를 드리고, 전국적으로 이용이 가능한 센터입니다. 또한 사회적 기업을 추구하는 법인으로 투명하고 믿음직하게 요양보호사분들을 관리합니다.

2021년 1월 기준 가족요양 90분의 경우, 케어링에선
월 88만 원의 급여를 받을 수 있습니다.

케어링에서 가족요양을 시작하세요

케어링에서 가족요양 보호사님이
받으실 수 있는 급여는

90분 기준
연 1,056 만원

- ✓ 가족요양 (90분)
  28,400원

- ✓ 가족요양 (60분)
  21,200원

- ✓ 일반요양 (시급)
  11,400원

케어링은 정부가 정한 인건비 비율보다 높은 기준으로 급여를 제공합니다.

이미 전국에 1,100명이 넘는 요양보호사님들이
높은 급여를 받고 계십니다. 지금 바로 전화주세요.

 케어링 방문요양

www.caring.co.kr   **1522-6585** ☎

생명을 살리는 기업 인산죽염(주)

미라클 캡슐

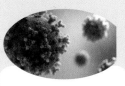

난담반 효능

건강기능식품의
원료인 황산동(광물
성한약재 담반)과
난백(달걀흰자위)을
합성한 물질

법제한 난담반은
각종 염증, 난치병,
암, 피부병 치료에
탁월한 효과

죽염의 효능

변비, 숙변제거,
구취제거
여드름, 피부미용,
축농증에 탁월한 효과

불순물(노폐물) 배출,
독성배출, 해독,
건강한 세포재생
촉진

면역천재

코로나19에 대한
저항성 확인

일반인보다 46배의
염증이 폐에 퍼져 있
던 코로나19 확진자
는 미라클캡슐
복용 후 7일 만에
건강을 회복

'난담반' 효능 30여년간 검증   각종 항염·항암 치료에 탁월

코로나 환자 99% '건강회복'   코로나 확진자 효과 탁월

Miracle capsule

인산선생의 활인구세 정신을 계승하여 그대로
제조하였으며, 죽염, 난담반, 약신상 사리장, 유황오리 등
건강증진 질병개선, 항암효능이 있는 천연물질을
연구하고 개발하여 제조판매하고 있습니다. 일체의
첨가물을 사용하지 않고 100% 천연식품만 제조합니다.

인산죽염 대표이사(한의학 박사)최은아

OPHIR

TIME REVERSING GOLD CREAM

물광 연어 골드크림

미백 + 주름개선 기능성 화장품

- 강력한 파워 재생효과
- 산삼줄기세포배양액 함유로 항노화 효과
- 매일매일 집에서도 럭셔리 24K골드관리
- DNA연어주사의 원료인 PDRN성분을 그대로

극강보습	물광피부
동안피부	피부정화
주름개선	탄력케어
피부결개선	피부미백
피부진정	장벽강화

DNA 연어주사의 원료인 PDRN 성분을 그대로
프랑스산 PDRN(연어DNA)과 순금, 병풀추출물을 함유한 피부과학 하이테크놀러지 크림

가격 ₩ 정가 ~~230,000원~~, 구입가 **115,000원** (50% 할인가격)
구입문의 010-3267-6277
국민은행 9-8287-6277-60
쇼핑몰 홈페이지 ksbdata.cafe24.com

오피에르 타임리버싱 물광 연어 골드크림을 구입하는 분에게 <행복에너지> 책 한 권을 동봉하여 보내드립니다.

하루 5분 나를 바꾸는 긍정훈련
행복에너지

'긍정훈련' 당신의 삶을
행복으로 인도할
최고의, 최후의 '멘토'

'행복에너지
권선복 대표이사'가 전하는
행복과 긍정의 에너지,
그 삶의 이야기!

인터파크
자기계발 분야 주간
베스트 1위

권선복 지음 | 15,000원

권선복

도서출판 행복에너지 대표
지에스데이타(주) 대표이사
대통령직속 지역발전위원회
문화복지 전문위원
새마을문고 서울시 강서구 회장
전) 팔팔컴퓨터 전산학원장
전) 강서구의회(도시건설위원장)
아주대학교 공공정책대학원 졸업
충남 논산 출생

책 『하루 5분, 나를 바꾸는 긍정훈련 - 행복에너지』는 '긍정훈련' 과정을 통해 삶을 업그레이드하고 행복을 찾아 나설 것을 독자에게 독려한다.
긍정훈련 과정은 [예행연습] [워밍업] [실전] [강화] [숨고르기] [마무리] 등 총 6단계로 나뉘어 각 단계별 사례를 바탕으로 독자 스스로가 느끼고 배운 것을 직접 실천할 수 있게 하는 데 그 목적을 두고 있다.
그동안 우리가 숱하게 '긍정하는 방법'에 대해 배워왔으면서도 정작 삶에 적용시키지 못했던 것은, 머리로만 이해하고 실천으로는 옮기지 않았기 때문이다. 이제 삶을 행복하고 아름답게 가꿀 긍정과의 여정, 그 시작을 책과 함께해 보자.

『하루 5분, 나를 바꾸는 긍정훈련 - 행복에너지』

봄 여름
가을
그리고 겨울

초판 1쇄 발행 2021년 4월 15일

지은이 임영희 · 발행인 권선복
캘리그라피 이형구 (한국손글씨디자인 연구회장, 국제손글씨pop 협회장,
                        이형구캘리그라피 대표)
디자인 김소영 · 전자책 오지영 · 마케팅 권보송
발행처 도서출판 행복에너지 · 출판등록 제315-2011-000035호
주소 (157-010) 서울특별시 강서구 화곡로 232
전화 0505-613-6133 · 팩스 0303-0799-1560
홈페이지 www.happybook.or.kr · 이메일 ksbdata@daum.net

값 15,000원

ISBN 979-11-5602-879-6   (03810)
Copyright ⓒ 임영희, 2021

도서출판 행복에너지는 독자 여러분의 아이디어와 원고 투고를 기다립니다.
책으로 만들기를 원하는 콘텐츠가 있으신 분은 이메일이나 홈페이지를 통해
간단한 기획서와 기획의도, 연락처 등을 보내주십시오. 행복에너지의 문은
언제나 활짝 열려 있습니다.